AF186601

Christian Justen
Warum die drei Könige zu spät kamen

Warum die drei Könige zu spät kamen

Zwei Weihnachtsgeschichten

von Christian Justen

Bibliografische Information der Deutschen Nationalbibliothek:
Die Deutsche Nationalbibliothek verzeichnet diese Publikation in
der Deutschen Nationalbibliografie; detaillierte bibliografische
Daten sind im Internet über http://www.dnb.de abrufbar.

Umschlagillustration: gillsans/stock.adobe.com

Gesetzt mit LuaLATEX aus der „Analogia".

Herstellung und Verlag:
BoD – Books on Demand, Norderstedt
www.bod.de
ISBN 978-3-7481-7285-7

Warum die drei Könige zu spät kamen

Meiner Mutter Liesel Justen
zum 60. Geburtstag am 6. Januar 1999

ES IST SCHON SELTSAM, dass sich darüber noch niemand Gedanken gemacht hat. Jedes Jahr an Heiligabend in der Kirche, wenn die Konfirmanden ihr Krippenspiel aufführen, sieht man sie alle beisammen: Maria und Joseph, die Hirten, die Engel, die drei Könige und natürlich auch das Jesuskind. Aber wenn man sich das Ganze einmal genau überlegt, dann kann doch da etwas nicht stimmen. Denn das weiß ja nun wirklich jeder, dass das Jesuskind am 25. Dezember auf die Welt gekommen ist. Und das weiß auch ein jeder, dass der Königstag erst am 6. Januar ist. Das heißt: In Wirklichkeit sind die drei Könige *fast zwei Wochen zu spät* zu dem Jesuskind gekommen. Habt ihr euch das schon einmal überlegt? Und wenn ihr nun auch noch wissen wollt, wie denn so etwas passieren konnte, dann will ich es euch einmal erzählen. Das war nämlich so:

Es war einmal ein kleiner Engel. Eigentlich war er ein ganz ordentlicher Bursche; die anderen Engel konnten ihn recht gut leiden und waren ihm auch meist nicht übermäßig böse, wenn er einmal mehr Unfug angestellt hatte, als eigentlich gut gewesen wäre. Aber der kleine Engel hatte doch einen großen Kummer: Er hatte nämlich keine Flügel. Nicht, dass er die zum Fliegen gebraucht hätte, denn schließlich war er ja ein Engel und kein Vogel, und nur Vögel brauchen Flügel zum Fliegen, wohingegen Engel auch so fliegen können, auch wenn sie keine Flügel haben. Aber was ein richtiger Engel sein will, der *muss* natürlich auch Flügel haben, und je größer und schöner die Flügel eines Engels sind, umso angesehener ist er auch. Und seid einmal ehrlich: So ganz ohne Flügel sieht so ein Engel ja auch ziemlich seltsam aus, oder? Das Dumme ist ja nur, dass man sich auch als Engel seine Flügel zuerst einmal verdienen muss, und das ist gar nicht so einfach, wenn man noch ein kleiner Engel ist und den Kopf voll mit dummem Zeug hat.

Jedenfalls kam eines Tages der Erzengel Gabriel zu dem Entschluss, es sei nun wirklich an der Zeit, dass der kleine Engel seine Flügel bekäme, und er hatte auch schon eine Aufgabe für ihn. Gabriel rief also den kleinen Engel zu sich und sagte: „Hör mal, kleiner Engel. Du wolltest doch schon so lange deine Flügel haben.“

„Ja“, sprach der kleine Engel, „ich hätte schon gerne eigene Flügel, damit mich die anderen Engel endlich einmal ernst nehmen.“

„Ei, pass auf“, sagte da Gabriel zu dem kleinen Engel, „ich gebe dir jetzt eine ganz einfache Aufgabe. Die musst du nur ausführen, was aber an sich gar kein Problem sein dürfte, und dann bekommst du auch deine Flügel, auf die du schon so lange gewartet hast.“

„Ich tue alles, was ich soll", sagte der kleine Engel zu Gabriel, „wenn ich dann nur meine Flügel bekomme!"

„Also", sprach da Gabriel, „es ist wirklich ganz einfach. Du holst dir aus dem Lager einen Stern und fliegst damit nach Arabien. Dort wohnen drei Könige, die heißen Caspar, Melchior und Balthasar. Diese führst du mit dem Stern nach Bethlehem. Und alles, worauf du achten musst, ist, dass sie auch wirklich pünktlich am 25. Dezember in Bethlehem ankommen, wo dann das Jesuskind geboren wird. Hast du das alles richtig verstanden?"

„Aber sicher", sagte der kleine Engel, „die Aufgabe ist ja wirklich nicht schwer. Das werde ich schon hinkriegen."

Und damit machte sich der kleine Engel auch schon auf. Gleich ging er ins Lager, wo die Ersatzsterne und die Sterne für besondere Anlässe aufgehoben wurden. Dort ließ er sich den schönsten und größten und hellsten Stern geben, der nur zu finden war. Diesen klemmte er sich unter den Arm und flog davon in Richtung Arabien, so schnell, wie er nur konnte. Es war auch gar nicht so schwierig, die drei Könige zu finden, denn die Könige Caspar, Melchior und Balthasar, die kannte man überall, wo er nach dem Weg fragte. Als er dann endlich am Ziel war, blieb er am Himmel stehen, holte den Stern unter seinem Arm hervor und ließ ihn leuchten. Und der Stern gab ein Licht von sich, wie man das von noch keinem Stern gesehen hatte.

Die drei Könige waren natürlich nicht dumm; sie wussten gleich, was das zu bedeuten hatte: dass nämlich irgendwo ein großer König auf die Welt gekommen war. Da machten sie sich auf, sattelten ihre Kamele und bepackten sie mit den allerfeinsten Sachen, die sie in ihrem Palast finden konnten, um sie dem neuen König als Geschenk mitzubringen. Und was sie nicht alles für feine Sachen einpackten: Spekulatius und Lebkuchen, Zimtsterne und Anisplätzchen, Spritzgebackenes und Zimtwaffeln und – als besonderes Geschenk – eine ganze Kiste vom allerbesten Moselwein. Für den Fall, dass sie unterwegs ein wenig Kleingeld bräuchten, steckten sie sich ein paar Goldmünzen ein, etwas Weihrauch, das man damals als Deo benutzte, und ein wenig Myrrhe gegen die Reisekrankheit, denn die Kamele schaukelten doch arg. Und damit machten sie sich denn auf, immer dem Stern hinterher, Tag und Nacht. Das dauerte natürlich eine ganze Zeit, denn so schnell wie ein Engel fliegen kann, so schnell kann kein Kamel rennen, und so musste sich auch der kleine Engel ganz in Geduld fassen und schön langsam machen, damit die drei Könige auf ihren Kamelen hinterherkamen.

Und tatsächlich, am 25. Dezember waren sie endlich ganz nah bei Bethlehem. Doch auf einmal war da ein Singen, so etwas Schönes hatte der kleine Engel sein ganzes Engel-Leben noch nicht gehört – und das will schon etwas heißen! Ein Chor der allerehrwürdigsten Engel mit den allerschönsten und größten Flügeln, die sangen im allerreinsten Hochdeutsch:

> Ehre sey Gott in der Höhe / Und Friede
> auff Erden / Und den Menschen ein
> wolgefallen.

Der kleine Engel war ganz angetan von dem wunderbaren Gesang und kam gar nicht mehr aus dem Staunen heraus. Und stellt euch vor, was ihm da passierte: Als er einen kleinen Moment nicht aufpasste, da rutschte ihm der Stern doch glatt aus der Hand! Der kleine Engel sah nur noch den Schweif des Sternes, und weg war er. Ganz weit weg, weiß Gott, wohin!

Da hättet ihr etwas sehen können! So aufgeregt hatte sich der kleine Engel noch nie, und auch soviel Angst hatte er noch nie gehabt. Was sollte er denn ohne den Stern nur anfangen? Er musste doch die drei Könige nach Bethlehem bringen, und dafür brauchte er doch den Stern. Und einfach zu Gabriel zu gehen und zu fragen, ob er nicht gerade einmal einen neuen Stern bekommen könne, das traute er sich denn doch nicht. Nein, er musste den Stern unbedingt wiederfinden. Aber wo? Er flog umher und suchte überall, aber von seinem Stern war nichts zu sehen. Wie er so auf der Suche war, da begegnete ihm der Mond.

„Du lieber Gott", sagte der Mond, „was ist denn mit dir, kleiner Engel? Du bist ja ganz aufgeregt und ganz außer Atem. Was ist denn los mit dir?"

„Ach Mond", sagte der kleine Engel, „ich habe meinen Stern verloren, und den brauche ich ganz, ganz dringend."

Und dann erzählte der kleine Engel dem Mond alles ganz genau.

„Ja", sagte der Mond, als der kleine Engel alles erzählt hatte, „das ist natürlich schwierig. Dein Stern kann ja überall sein. Pass mal auf: Am besten lässt du mich mal in Ruhe nach deinem Stern suchen. Ich komme ja jeden

Tag einmal um die ganze Welt herum, und wenn ich meine Augen aufhalte und überall nachschaue, entdecke ich ja vielleicht, wo dein Stern abgeblieben ist."

Der kleine Engel war natürlich froh, jemanden gefunden zu haben, der ihm helfen wollte. Und so setzte er sich hin und wartete einen ganzen Tag, bis der Mond einmal um die ganze Erde herumkommen würde. Aber als der Mond wieder bei ihm war, da schüttelte er nur mit dem Kopf.

„Nein", sagte der Mond, „heute habe ich kein Glück gehabt. Ich habe gesucht, so gut ich nur konnte, aber deinen Stern habe ich nicht gesehen."

Dem kleinen Engel stiegen darauf die Tränen in die Augen. „Was soll ich denn jetzt nur tun? Ich bin doch ohnehin schon einen ganzen Tag zu spät!"

„Ach komm", sagte der Mond, „jetzt lass mal den Kopf nicht hängen. Ich bin ja auch noch gar nicht ganz da, ich bin ja gerade einmal ein zunehmender Mond. Warte nur mal ab, morgen sehe ich bestimmt schon viel besser, und vielleicht finde ich deinen Stern dann. Und auch, wenn du ein bisschen spät kommst, denke daran: Besser spät als gar nicht!"

Aber auch am nächsten Tag konnte der Mond den Stern nicht finden, auch einen Tag später nicht, und auch nicht noch einen Tag später. Die Tage vergingen, ohne dass der Mond bei seiner Suche erfolgreich gewesen wäre.

Der kleine Engel hatte schon alle Hoffnung aufgegeben und dachte bei sich: „Ja, dann kannst du das wohl vergessen mit deinen Flügeln! Die kriegst du jetzt *niemals!*"

Doch genau in diesem Moment kam der Mond, der mittlerweile zu einem richtigen Vollmond geworden war, und rief schon von weitem: „Ich habe deinen Stern gefunden, kleiner Engel!"

Was meint ihr, wie sich da der kleine Engel freute. Wäre der Mond nicht ganz so groß und dick gewesen, der kleine Engel wäre ihm glatt noch um den Hals gefallen.

„Es ist ziemlich weit weg", sagte der Mond, „aber es ist leicht zu finden. Du musst über das große Meer fliegen, dann über ein Land, das aussieht wie ein Stiefel, über große, schneebedeckte Berge und dann immer weiter, bis du zu einer Stadt kommst mit einem großen schwarzen Stadttor. Von dort fliegst du immer der geraden Straße nach, mitten in den Wald hinein, und wenn du an einem stumpfen Turm vorbeikommst, dann sind es nur noch ein paar Meilen, bis du deinen Stern zu deiner Linken blinken sehen kannst."

Der kleine Engel wusste gar nicht so richtig, was er sagen sollte, so froh war er.

„Danke, lieber Mond, vielen, vielen Dank! Das werde ich dir nie, nie vergessen."

„Ach, schon gut", sagte der Mond, „jetzt sieh zu, dass du deinen Stern wieder einfängst. Ich muss auch weiter, sonst denken die Astronomen nachher noch, es sei etwas passiert."

Und damit zog der Mond denn weiter auf seinem Weg. Und auch der kleine Engel machte sich davon, und fragt ja nicht, in welchem Tempo! Genau wie der Mond es ihm gesagt hatte, so flog er auch, über das große Meer und das Land, das aussieht, wie ein Stiefel, über die großen Berge, an der Stadt mit dem großen schwarzen Stadttor vorbei und schließlich entlang der langen geraden Straße mitten hinein in den Wald. Als es schon dunkel wurde, kam er endlich an dem stumpfen Turm vorbei. Von da aus flog er ein wenig langsamer, damit er ja nicht seinen Stern aus Versehen übersähe. Und tatsächlich: Ein paar Meilen weiter, da sah er – wie der Mond es ihm gesagt hatte – seinen Stern blinken.

Ihr könnt euch ja denken, wie glücklich da der Engel war; und so flott, wie er nur konnte, flog er direkt auf seinen Stern zu und gab vor lauter Freude auf nichts mehr acht als nur auf seinen Stern. Aber er hätte wohl besser etwas langsamer machen und auch ein wenig besser aufpassen sollen. Weil er nämlich viel zu schnell war, missriet ihm die Landung ziemlich. Eine richtige Bruchlandung legte er hin, schlug ein paar Purzelbäume und blieb dann mitten auf einem – Misthaufen liegen. Aber auch, wenn er sich ein paar ordentliche Macken und Beulen zugezogen hatte und er ziemlich stank, war ihm das alles ganz egal, denn – direkt neben dem Misthaufen, da lag sein Stern. Er rappelte sich auf, sprang von dem Misthaufen hinunter und steckte sich sogleich seinen Stern unter den Arm, damit er ihn ja nicht noch einmal verlieren würde. Und dann erst sah er sich überhaupt einmal an, wo er denn eigentlich gelandet war.

Der Stern war nämlich mitten in ein Dorf gefallen, und obwohl ja mittlerweile schon Abend und es – wie das im Winter nun mal so ist – auch schon ganz ordentlich dunkel war, erleuchtete der Stern das ganze Dorf so hell, als ob es noch Tag wäre.

Auf einmal hörte er jemanden schreien: „Du lumpiger Spitzbube, du Galgenvogel! Willst du wohl das Licht liegenlassen!"

Der kleine Engel war darüber so erschrocken, dass er seinen Stern beinah schon wieder fallengelassen hätte. Als er sich umdrehte, da sah er, wie ein großer schwerer Mann mit einer großen schweren Mistgabel auf ihn zukam.

„Mach, daß du da wegkommst, sonst kannst du etwas erleben."

„Aber ich wollte doch nur meinen Stern wieder mitnehmen, den ich verloren habe", sagte der kleine Engel.

„Du nimmst gar nichts mit", schrie da der Mann, „das Licht da gehört uns. Das ist ein Geschenk des Himmels; und seit es auf meinen Misthaufen gefallen ist, sind wir das erste Dorf auf dem ganzen Hunsrück mit Straßenbeleuchtung. Und das soll auch so bleiben, so wahr ich der Bürgermeister bin."

„Aber ich brauche den Stern doch", sagte da der kleine Engel, „wie sollen denn sonst die drei Könige nach Bethlehem zu dem Jesuskind finden, wenn ich ihnen mit dem Stern nicht den Weg weise?"

„Bethlehem? Wo ist das denn? Ist das irgendwo in der Eifel?" sagte da der Mann. „Und Könige sind hier mein Lebtag noch nicht gewesen. Ich glaube, du willst mich belügen. Aber das brauchst du gar nicht zu probieren. So dumm bin ich nämlich nicht. Und jetzt sieh zu, daß du fortkommst, bevor ich dich mit meiner Mistgabel aufspieße!"

Ja, was sollte denn da der kleine Engel noch machen? So, wie es aussah, war sein Stern ein für allemal verloren.

Dabei war er doch so weit geflogen und hatte sich soviel Mühe gegeben, seinen Stern wiederzufinden. Und jetzt so etwas! Und was macht dann ein kleiner Engel in solch einem Fall? Ei, genau das, was auch ein kleiner Mensch tun würde: Er stellte sich hin und fing an zu weinen. Ich weiß ja nicht, ob ihr jemals einen Engel weinen gehört habt. Also, ich wünsche es euch ja nicht. Das muss sich ungefähr so anhören wie eine Kreissäge, eine verstimmter Dudelsack und eine quietschende Geige zusammen, oder auch noch viel, viel schlimmer. Das Geheule des kleinen Engels war so schlimm, dass die Kühe am anderen Morgen nur saure Milch gaben, und die Hühner legten zwei Wochen lang keine Eier mehr. Jedenfalls kamen aus dem ganzen Dorf die Leute zusammengelaufen und wollten wissen, was denn passiert sei.

„Hier der Lumpensack", sagte der Bürgermeister, „der Lumpensack, der dreckige, der wollte uns doch glatt unsere neue Straßenbeleuchtung klauen."

„Nein, nein", rief da der kleine Engel, „ich wollte euch doch wirklich nicht bestehlen; ich wollte doch nur meinen Stern wieder holen, den ich verloren habe, und jetzt stehen doch die drei Könige da und wissen nicht, wie sie nach Bethlehem kommen sollen, und das ist doch alles nur, weil ich meinen Stern fallengelassen habe, und ich bin doch sowieso schon zu spät dran."

Und gleich fing der kleine Engel auch schon wieder von neuem an zu weinen, dass die Leute sich die Ohren zuhalten mussten.

„Jetzt hör doch mal auf, so ein fürchterliches Geschrei zu veranstalten", sagte da auf einmal ein alter Mann,

„sonst geht uns ja noch das Vieh durch. Also, Bürger-meister, ich würde ja sagen, wenn er das dumme Licht unbedingt haben will, dann gib es ihm doch mit. Das taugt ja sowieso nichts; wir können ja schon gar nicht mehr richtig schlafen, weil es nachts immer viel zu hell ist bei uns im Dorf. Weg mit dem Ding!"

„Ja, ganz genau recht hat er", riefen da die anderen Leute. „Nur weg mit dem Ding!"

Das passte dem Bürgermeister zwar nicht so richtig, dass er auf seine neue Straßenbeleuchtung verzichten sollte, aber schließlich musste er dann doch nachgeben und knurrte den kleinen Engel an: „Dann nimm dir das Licht mit und sieh zu, daß du wegkommst."

Das ließ sich der kleine Engel natürlich nicht zweimal sagen; er rief noch „Danke!", und weg war er schon mit seinem Stern.

Um sich von der ganzen Aufregung ein bisschen auszuruhen, setzte er sich zuallererst einmal auf einen Tannenbaum, der gerade in der Nähe stand. Dort holte er gut Luft und fing dann an, seinen Stern zu säubern und zu polieren; denn schließlich wird auch ein Stern schmutzig, wenn er auf einen Misthaufen fällt. Und als der Stern wieder schön sauber war, da machte er sich auf und flog mit seinem Stern glücklich zurück in Richtung Bethlehem. Aber nun denkt euch: An dem ganzen Staub und Schmutz, der an dem Stern gehangen und sich beim Reinigen über den Tannenbaum verteilt hatte, da war auch ein wenig Licht von dem Stern dran hängengeblieben. Auf einmal fing der Tannenbaum an zu leuchten. So etwas Schönes hatten die Leute in dem Dorf in ih-rem Leben noch nicht gesehen, und sie freuten sich so über den Lichterbaum, dass sie seitdem jedes Jahr im Winter einen Tannenbaum mit Lichtern schmückten, an dem sie sich erfreuen konnten. Und das ist ja auch noch heute so!

Mittlerweile war der kleine Engel schon wieder in Bethlehem angelangt. Die drei Könige fand er sofort wieder, denn sie befanden sich noch immer an derselben Stelle, wo sie schon gestanden hatten, als der kleine Engel seinen Stern fallenließ. Ihr müsst nämlich wissen, dass solche Könige sich ziemlich unbeholfen anstellen, wenn sie einmal ganz allein etwas tun sollen. Aber umso froher waren sie nun, als der Stern plötzlich wieder da war und sie endlich zu dem Jesuskind nach Bethlehem führte. Das dumme war ja nur, dass sie in der Zwischenzeit so hungrig geworden waren, dass sie all die schönen Geschenke, die Spekulatius und den Lebkuchen, die Zimtsterne und die Anisplätzchen, das Spritzgebackene und auch die Zimtwaffeln selbst aufgegessen hatten. Ganz nüchtern waren sie auch nicht mehr, denn die Kiste mit dem Moselwein, die hatten sie auch noch getrunken. Und alles, was sie dem Jesuskind noch als Geschenk geben konnten, das waren die paar Goldmünzen, die sie dabei hatten, das Weihrauch, das eigentlich als Deo gedacht war, und die Myrrhe aus der Reiseapotheke. Nicht wahr, ihr habt euch bestimmt auch schon immer gewundert, warum die wohl mit solch seltsamen Geschenken ankamen. Nun wisst ihr es!

Wie ihr euch wohl denken könnt, bekam der kleine Engel natürlich ziemlichen Ärger mit Gabriel, weil doch die Könige schon am 25. Dezember in Bethlehem hatten sein sollen und nicht erst zwei Wochen später.

Und beinahe hätte der kleine Engel seine Flügel immer noch nicht bekommen und wohl auch noch lange darauf warten müssen. Aber als Gabriel zu ihm sagte, das mit seinen Flügeln, das würde ja wohl noch nichts werden, da musste der kleine Engel wieder ganz fürchterlich zu weinen anfangen. Und wenn so ein kleiner Engel richtig weint, dann kann das selbst so ein großer Erzengel wie Gabriel nicht ertragen.

„Jetzt hör nur mit dem Geplärre auf", rief er da, der Gabriel, „hör nur auf! Das ist ja nicht zum Aushalten! Du bekommst ja schon deine Flügel, aber halte endlich deine Klappe!"

Und als der kleine Engel dann schließlich wieder ruhig war, da sagte er noch, der Gabriel: „Wer weiß, wofür das vielleicht noch einmal gut war, dass die drei Könige zu spät gekommen sind."

Warum nicht nur die drei Könige zu spät kamen

Meiner Mutter Liesel Justen
zum 80. Geburtstag am 6. Januar 2019

WER VON EUCH sich eines einigermaßen guten Gedächtnisses erfreuen darf, der wird sich sicherlich daran erinnern, dass ich euch vor zwanzig Jahren die Geschichte erzählt habe, warum damals, als Jesus geboren wurde, die drei Könige fast zwei Wochen zu spät zum Stall nach Bethlehem gekommen sind. Für jene, die sich nicht erinnern können, seien die Geschehnisse ganz knapp zusammengefasst: Der Erzengel Gabriel hatte kurz vor der Geburt des Christuskindes einem kleinen Engel den Auftrag gegeben, mit einem Stern den drei Königen den Weg aus dem Morgenland zum Stall nach Bethlehem zu weisen. Kurz vor dem Ziel entglitt in einem Moment der Unachtsamkeit dem kleinen Engel jedoch sein Stern, und es dauerte etliche Tage, bis er ihn wiedergefunden hatte, so dass er seinen Auftrag nur mit erheblicher Verspätung zu Ende bringen konnte.

Nun habe ich damals in meiner Erzählung vieles weggelassen, damit sie nicht allzu lang würde. Nicht erzählt habe ich etwa, was denn die drei Könige in der Zeit erlebt haben, als sie auf die Rückkehr des Sternes warteten. Und ich kann euch sagen: Sie haben einiges erlebt!

Eigentlich muss man aber doch wieder ganz am Anfang anfangen, bei der Frage: Warum sollten drei Könige aus dem Morgenland einfach einem Stern folgen? Nun, sie waren nicht nur Könige, sondern zugleich auch Wissenschaftler. Sie wussten alles über die Sterne, hatten den Himmel und die sichtbaren Himmelskörper ausgiebig untersucht. Ja, gemeinsam hatten sie erst vor kurzem in der „Zeitschrift für die Astrologische Wissenschaft" einen Artikel veröffentlicht, in welchem sie nachwiesen, dass die Erde eine Scheibe und die Sonne ein Feuerball mit einem Durchmesser von 50 Meilen und von der Erde immerhin 5000 Meilen entfernt sei. Als nun mit einem Male ein Stern über ihnen aufleuchtete, so hell, wie sie noch nie einen gesehen hatten, da war ihr wissenschaftlicher Ehrgeiz geweckt, und es verstand sich von selbst, dass sie dem nachgehen müssten. Und so brachen sie unverzüglich auf, immer dem hellen Stern hinterher.

Und dann standen die König da kurz vor Bethlehem, mitten in der Landschaft, und der Stern war mit einem Male einfach verschwunden. Was tun? Sie taten, was wohl immer das Vernünftigste ist: Sie stiegen erst einmal von ihren Kamelen ab, ließen sich von ihren Dienern ihre Zelte aufbauen, ein ordentliches Lagerfeuer anzünden, griffen zu ihren Pfeifen und machten es sich gemütlich.

„Ja, hier sitzen wir nun", sagte Melchior. „Zu Hause könnten wir liegen ..."

„Ach, hör doch auf zu meckern!", rief Balthasar, während er genüsslich an seiner Pfeife zog. „Das ist jetzt eine kleine Verzögerung, aber der Stern wird schon wiederkommen. Wir haben doch Zeit, oder?"

„Du hast ja auch gut reden", erwiderte Melchior. „Was glaubst du, was ich zu Hause wieder zu hören bekomme! ‚Warum warst du so lange weg?' ‚Was hast du denn die ganze Zeit nur getrieben?' ‚Mein Gott, das kann wohl nicht so lange dauern, einen Stern zu verfolgen und dann gleich wieder zurückzukommen!'"

„Sieh es mal so", versuchte Balthasar ihn aufzumuntern, „deine Frau schimpft doch so oder so, wenn du nach Hause kommst. Dann kannst du dir genauso gut auch Zeit lassen und das Leben bis dahin genießen."

„Apropos", rief Caspar dazwischen, „es ist doch mittlerweile dunkel genug geworden, oder nicht? Da könnten wir doch langsam mal die erste Flasche Wein aufmachen!"

Auch Balthasar und Melchior fanden das eine ausgezeichnete Idee, wenngleich sie mit Schrecken feststellten, dass sich der mitgebrachte Weinvorrat dem Ende zuneigte. Nur eine Kiste Wein war noch übrig, und die war eigentlich als Gastgeschenk vorgesehen. Aber – das hier war ein Notfall. Schließlich ist Durst ja schlimmer als Heimweh. Und so zauberte Balthasar im Handumdrehen einen Korkenzieher aus seinem Umhang und entkorkte die erste Flasche. Drei goldene Becher wurden gefüllt. Drei vor Aufregung beinahe zitternde Nasen schnupperten die Düfte, die aus den Bechern emporstiegen. Mit geschlossenen Augen tranken die drei Könige den ersten Schluck Wein an diesem Tag.

„Teufel, ist der gut", rief Melchior.

„Ein bisschen flaschenkrank", meinte Caspar, „aber das ist ja auch normal, so wie der Wein in den letzten Wochen auf der Reise durchgeschüttelt worden ist."

„Papperlapapp", schnitt ihm Balthasar das Wort ab. „Jetzt fang nicht auch noch du an zu meckern. So ein gutes Tröpfchen hat dir doch noch keiner vorgesetzt. Er kommt von weit her, aus einem Land, wo wilde Barbaren leben, von einem Fluss, den die Römer Mosella nennen. Gewachsen am Mons Stephani von Anchiriacum ..."

„Sei still und trink", stoppte nun Melchior Balthasars Redeschwall.

Und so herrschte für die nächsten fünf Minuten denn ein genüssliches Schweigen, bis schließlich der Koch in die traute Runde hineinplatzte.

„Verzeiht, eure Majestäten. Aber ... wir ... wir haben ein großes Problem. Es ist kaum mehr genug Fleisch für das Abendessen da."

„Wie das?" fragte Balthasar ein wenig ungehalten. „Habt ihr denn nicht genug eingepackt?"

„Doch, doch", beeilte sich der Koch zu versichern. „Aber es hieß, wir seien heute am Ziel – und entsprechend habe ich die Vorräte berechnet. Nur ... diese Verzögerung ... das war ... nicht vorhersehbar ..."

Diesmal war es Melchior, der die Situation rettete. „Da weiß ich ein Gericht, das gar nicht mal so schlecht schmeckt. Meine Frau kocht es öfter. Sie will ja nicht, dass ich soviel Fleisch esse wegen meiner Gicht und so ..."

Die beiden anderen Könige, besonders aber der Koch hörten nun aufmerksam zu, als Melchior das Diätrezept seiner Frau verriet.

„Du machst einfach kleine Fleischbällchen – sie müssen gar nicht so groß sein. Dann machst du einen Kloßteig aus Kartoffeln, in den du die Fleischbällchen hüllst. Ein wenig Sahnesoße mit Speck dazu – und keiner wird merken, dass da kaum Fleisch drin steckt."

Der Koch schien erfreut über dieses simple Rezept, das ihm helfen würde, den Abend zu überstehen. Nur Caspar runzelte die Stirn. „Kartoffeln?" fragte er. „Kartoffeln? Ich dachte, die kämen aus Amerika. Und Amerika ist doch noch nicht einmal entdeckt!"

„Ach, was", tat Melchior den Einwand ab, „du weißt doch: Alternative Fakten!"

Wieder runzelte Caspar die Stirn. „Ich dachte, die seien auch eine amerikanische Erfindung, und Amerika ist doch noch gar nicht ..."

Er konnte den Gedanken nicht zu Ende bringen, denn ein Mann von wildem, fremdländischem Aussehen trat in den Kreis, den das Licht des Lagerfeuers warf.

„Verzeihet mit, ihr edlen Herren, wenn ich euch störe", sagte er mit einem schweren Akzent. Ganz offenkundig kam er aus den barbarischen Gegenden des Nordens am Rand der Welt, aus jenen Gebieten, in denen man bei jedem unbedachten Schritt damit rechnen musste, von der flachen Erdscheibe ins Nichts abzustürzen. Der Mann führte ein Pferd mit sich, das schon weit bessere Tage gesehen hatte und dem man den weiten Weg deutlich ansah.

„Verzeiht, aber vielleicht könnt ihr mir helfen. Ich habe mich verirrt."

Die drei Könige waren nicht wenig erstaunt über diese merkwürdige Erscheinung, aber schnell erkannten sie, dass es sich bei diesem rauhen Wesen um einen harmlosen Gesellen handelte, und so luden sie ihn großzügig ein, sich zu ihnen in den Kreis zu setzen. Und es brauchte keine langen Bitten, dass er ihnen gerne seine Geschichte erzählte.

Er kam aus dem Lande Hassia und lebte auf einem Berg, dem Mons Johannis, oberhalb des Flusses Rhenus gelegen. Er arbeite dort, so erzählte er, auf einem Gutshof, der einem reichen Mann gehöre, welcher weit entfernt am Flusse Fulda lebe. Auf dem Gutshof werde Wein angebaut.

„Aber unser Wein ist bei weitem nicht so gut wie dies edle Getränk", so versicherte er den drei Königen und nahm einen großen Schluck aus dem Becher, den man auch ihm gefüllt hatte. „Bevor wir im Herbst den Wein lesen dürfen, muß einer von uns zu unserem Herrn an die Fulda reiten und ihm Trauben bringen, damit er uns die Erlaubnis gibt, mit der Ernte zu beginnen. Dieses Mal war das meine Aufgabe. Aber der Herbst war in diesem Jahr sehr warm, und ich wurde unterwegs so durstig, daß ich bald alles getrunken hatte, was ich dabei hatte. So beschloß ich, in die Stadt Franconofurd hineinzureiten, die am Fluß Moenus liegt."

„Franconofurd?" fragte Caspar neugierig. „Welch merkwürdiger Name für eine Stadt!"

„Es ist auch eine merkwürdige Stadt! Denkt euch: Dort gibt es so viele Geldwechselstuben wie in keinem anderen Ort, den man auf Erden kennt! Und lauter feine Leute in feinen Anzügen laufen dort herum, die um die Mittagszeit in einer langen Schlange anstehen, um bei einer Frau Schreiber Fleischworscht und Weck zu essen. Und es gibt richtige Hochhäuser. Das höchste davon hat immerhin drei Stockwerke!"

„Drei Stockwerke!" riefen die Könige wie aus einem Mund und bekamen vor Erstaunen ihre Münder kaum mehr zu.

„Welche hervorragenden Baumeister müssen in eurem Land leben", gab Melchior von sich.

Auch Balthasar konnte es nicht fassen: „Hochhäuser! Drei Stockwerke hoch! Unglaublich!"

„Ja, und man plant sogar, eine Brücke aus Eisen über den Fluß Moenus zu bauen. 10 Ellen breit. Und 350 Ellen lang."

„Erstaunlich", gab Caspar von sich, „so hat also auch am Ende der Welt bereits die Eisenzeit begonnen!"

Der Fremde ignorierte diese Bemerkung einfach.

„In Franconofurd, genauer gesagt in Dribbdebach, dort wo die Sachsen hausen, kehrte ich im Gasthaus ‚Zum Eichhörnchen' ein. Da ich auch ein wenig Hunger verspürte, nahm ich eine schlichte Mahlzeit zu mir, zuerst einen Handkäs cum musica. Und dann acht Eier mit grie Soß."

Während Melchior überlegte, was denn eigentlich ein Eichhörnchen sei, sinnierte Caspar vor sich hin, was es wohl mit „Griesance" auf sich haben könnte – ob das ein neues Gericht aus der gallischen Küche war?

„Und dann gab man mir vom dortigen Wein zu trinken", fuhr der Fremde fort. „‚Äppelwoi' wird er genannt und in großen Krügen namens ‚Bembel‘ ausgeschenkt. Ein abscheuliches Gesöff, muß ich euch sagen. Als ich nach dem ersten Schluck mein Gesicht verzog, grinste der Wirt mich an und meinte, sein Äppelwoi sei nur etwas für echte Männer. Aber damit weckte er meinen Ehrgeiz, und so trank ich unter Aufbringung all meiner Willenskraft den ganzen Bembel leer. Und dann noch einen. Und noch einen ... Als ich aufwachte, lag ich auf dem Rücken meines dahin trabenden Pferdes, und ich hatte keine Ahnung, wo ich mich befand. Und seitdem bin ich auf der Suche nach dem richtigen Weg. Weil ich doch meinem Herrn die Trauben vom Mons Johannis bringen muß. Und weil ich doch dann zurück nach Hause muß. Denn meine Kameraden warten darauf, endlich mit der Weinlese beginnen zu können ...“

Als der Fremde geendet hatte, schwiegen die drei Könige zunächst.

„Mir scheint“, brach als erster Balthasar das Schweigen, „du bist ein wenig vom Weg abgekommen. Lass uns schauen, ob wir dir nicht helfen können.“

Während Caspar nur verächtlich „Alternative Fakten!“ schnaubte, zog Balthasar aus seinem Umhang ein Buch hervor, Dierckes Weltatlas aus dem Jahr 15 vor Christi Geburt mit Detailkarten aller drei Erdteile.

„Der Atlas ist schon ein bisschen älter“, bemerkte er, „aber für die grobe Richtung wird es wohl reichen.“

Und da Sterndeuter sich sehr gut mit den Sternen auskennen, hatten sie mit deren Hilfe und mit der des Atlanten recht bald ermittelt, wo genau sie sich befanden und auf welchem Weg der Fremde am besten wieder zurück in seine Heimat reiten könnte.

26

„Aber erst morgen", sagte Melchior, „heute Abend bist du unser Gast."

Und so aßen sie gemeinsam die Fleischbällchen im Kartoffelmantel mit Specksoße, leerten eine Flasche Wein nach der anderen, erzählten einander von ihren Abenteuern und ließen die Pfeife nie kalt werden – und noch nicht einmal Caspar störte sich beim Rauchen daran, dass doch auch der Tabak eigentlich aus Amerika kommt …

Am anderen Morgen ritt der Fremde davon. Vom Koch hatte er sich aufschreiben lassen, wie man das leckere Gericht zubereitet, welches er am Abend zuvor genossen hatte. Und Melchior hatte ihm die letzte Flasche Wein aus Anchiriacum zugesteckt.

„Nimm die mit – damit ihr auch auf dem Mons Johannis lernt, wie *guter* Wein schmecken muss …", hatte er dem Fremden mit einem Zwinkern zugeraunt.

Die Könige sahen ihm lange hinterher.

„Wirklich weit vom Weg abgekommen", murmelte Balthasar.

„Wirklich weit", stimmten Caspar zu. „Da wird die Weinlese wohl dieses Mal ziemlich spät stattfinden."

„Sehr spät", meine Melchior. „Sozusagen … eine Spätlese."